CONCORDAT

DE MM. les citoyens blancs du Port-au-Prince avec MM. les citoyens de couleur.

L'AN mil sept cent quatre-vingt-onze, & le onze du mois de septembre.

Les commissaires de la garde nationale des citoyens blancs du Port-au-Prince, d'une part ;

Et les commissaires de la garde nationale des citoyens de couleur, d'autre part : iceux fondés de pouvoir par arrêté de ce jour, & du neuf septembre présent mois.

Assemblés sur la place d'armes du bourg de la Croix-des-Bouquets, à l'effet de délibérer sur les moyens les plus capables d'opérer la réunion des citoyens de toutes les classes, & & d'arrêter les progrès & les suites d'une insurrection qui menace également toutes les parties de la colonie.

L'assemblée ainsi composée s'étant transportée dans l'église paroissiale dudit bourg de la Croix-des-Bouquets, pour éviter l'ardeur du soleil, il a été procédé de suite, des deux côtés, à la nomination d'un président & d'un secrétaire.

Les commissaires de la garde nationale du Port-au-Prince ont nommé pour leur président M. Gamot, & pour leur secrétaire M. Hacquet ; & les commissaires de la garde nationale des citoyens de couleur ont nommé pour leur président M. Pinchinat, & secrétaire M. Daguin fils.

Lesquels présidens & secrétaires ont respectivement accepté lesdites charges, & ont promis de bien & fidellement s'en acquitter.

Après quoi il a été dit de la part des citoyens de couleur, que la loi faite en leur faveur en 1685, avoit été méprisée & violée par les progrès d'un préjugé ridicule, & par l'usage abusif & le despotisme ministériel de l'ancien ré-

gime, ils n'ont jamais joui que très-imparfaitement du bénéfice de cette loi.

Qu'au moment où ils ont vu l'assemblée des représentans
de la nation se former, ils ont pressenti que les principes
qui ont diété la loi constitutionnelle de l'état, entraîneroit
nécessairement la reconnoissance de leurs droits qui, pour avoir
été long-temps méconnus, n'en étoient pas moins sacrés.

Que cette reconnoissance a été consacrée par les décrets
& instructions des 8 & 28 mars 1790, & par plusieurs autres
rendus depuis ; mais qu'ils ont vu avec la plus vive douleur
que les citoyens blancs des colonies leur refusoient avec obsti-
nation l'exécution de ces décrets, pour ce qui les y concerne,
par l'interprétation injuste qu'ils en ont faite.

Qu'outre la privation du bénéfice desdits décrets, lorsqu'ils
ont voulu les réclamer, on les a sacrifiés à l'idole du préjugé, en exerçant contre eux un abus incroyable des lois
& de l'autorité du gouvernement, au point de les forcer
d'abandonner leurs foyers.

Qu'enfin, ne pouvant plus supporter leur existence malheu-
reuse, & étant résolus de l'exposer à tous les évènemens,
pour se procurer l'exercice des droits qu'ils tiennent de la
nature & qui sont consacrés par les lois civiles & politiques,
ils se sont réunis sur la montagne de la Charbonnière, où
ils ont pris les armes, le 31 août dernier, pour se mettre
dans le cas d'une juste défense.

Que l'envie d'opérer la réunion de tous les citoyens
indist-nétement leur fait accueillir favorablement la députation
de MM. les commissaires blancs de la garde nationale du
Port-au-Prince ; qu'ils voyent avec une satisfaction difficile à
exprimer le retour des citoyens blancs aux vrais principes

de la raifon , de la juftice , de l'humanité & de la faine
politique, qu'ayant tout lieu de croire à la fincérité de ce retour
ils fe réuniront de cœur , d'efprit & d'intention aux citoyens
blancs , pourvu que la précieufe & fainte égalité foit la bafe
& le réfultat de toutes opérations , qu'il n'y ait entre-eux
& les citoyens blancs , d'autre différence que celle qu'en-
traînent néceffairement le mérite & la vertu , & que la fra-
ternité , la fincérité , l'harmonie & la concorde , cimentent
à jamais les liens qui doivent les attacher réciproquement : en
conféquence , ils ont demandé l'exécution des articles fuivans ,
auxquels les fufdits commiffaires blancs ont répondu , ainfi
qu'il eft mentionné en la colonne parrallele à celle des
demandes.

Demandes des commiffaires de la garde nationale des citoyens de couleur.

Réponfes des commiffaires de la garde natio- nale des citoyens blancs.

ARTICLE PREMIER.

Les citoyens blancs feront
caufe commune avec les citoyens de couleur, & contri-
bueront de toutes leurs forces
& de tous leurs moyens à l'exécution littérale de tous les points
& articles des décrets & inftructions de l'affemblée nationale,
fanctionnés par le roi, & ce,
fans reftriction & fans fe per-
mettre aucune interprétation ,
conformément à ce qui eft prefcrit par l'affemblée nationale
qui défend d'interpréter fes
décrets.

ARTICLE PREMIER.

ACCEPTÉ.

I I.

Les citoyens blancs promettent & s'obligent de ne jamais s'oppoſer directement ni indirectement à l'exécution du décret du 1 5 mai dernier, qui dit-on n'eſt pas encore parvenu officiellement dans cette colonie ; de proteſter même contre toutes proteſtations & réclamations contraires aux diſpoſitions du ſuſdit décret, ainſi que contre toutes adreſſes à l'aſſemblée nationale, au roi, aux quatre-vingt-trois départemens & aux différentes chambres de commerce de France, pour obtenir la révocation de ce décret bienfaiſant.

I I.

ACCEPTÉ.

I I I.

Ont demandé les ſuſdits citoyens de couleur, la convocation prochaine & l'ouverture des aſſemblées primaires & coloniales, par tous les citoyens actifs, aux termes de l'article IV des inſtructions de l'aſſemblée nationale, du 28 mars 1790.

I I I.

ACCEPTÉ.

I V.

De députer directement à l'aſſemblée coloniale, & de nom

mer des députés choisis parmi
les citoyens de couleur, qui
auront, comme ceux des citoyens
blancs, voix confultative & dé-
libérative.

V.

Déclarent les fufdits citoyens
blancs & de couleur protefter
contre toute municipalité pro-
vifoire ou non, de même contre
toutes affemblées provinciales &
coloniales; lefdites municipalités
affemblées provinciales & coloniale n'étant point formées fur
le mode prefcrit par les décrets
& inftructions des 8 & 28 mars
1790.

VI.

Demandent les citoyens de couleur qu'il foit reconnu par les citoyens blancs, que leur organifation
préfente, leurs opérations récentes
& leur prife d'armes, n'ont eu
pour but & pour motif, que
leur fûreté individuelle, l'exécution des décrets de l'affemblée
nationale, la réclamation de
leurs droits méconnus & violés
& le défir de parvenir par ce
moyen à la tranquillité publique,
qu'en conféquence ils foient dé-
clarés non inculpables pour les
événemens qui ont réfulté de

I V.

A c c e p t é.

V.

A c c e p t é.

A c c e p t é

cette prife d'armes & qu'o.i ne puiffe dans aucun cas exercer contre - eux collectivement ou individuellement, aucune action directe ou indirecte pour raifon de ces mêmes événemens, qu'il foit en-outre reconnu que leur prife d'armes tiendra jufqu'au moment ou les décrers de l'affemblée nationale feront ponctuellement & formellement exécutés ; qu'en conféquence, les armes, canons & munitions de guerre enlevés pendant les combats qui ont eu lieu, refteront en la poffeffion de ceux qui ont eu le bonheur d'être vainqueurs ; que cependant les prifonniers [fi toute-fois il en eft] foient remis en liberté de part & d'autre.

VII.

Demandent lefdits citoyens de couleur, que conformément à la loi du 11 février dernier & pour ne laiffer aucun doute fur la fincérité de la réunion prête à s'opérer, toutes profcriptions ceffent & foient révoquées dès ce moment, que toutes les perfonnes profcrites, décrétées, & contre lefquelles il feroit intervenu des jugemens

VII.

ACCEPTÉ,

en ce qui nous concerne.

ou condamnations quelconques pour raiſon des troubles ſurvenus dans la colonie depuis le commencement de la révolution, ſoient de ſuite rapelés & mis ſous la protection ſacrée & immédiate de tous les citoyens, que réparation ſolemnelle & authentique ſoit faite à leur honneur, qu'il ſoit pourvu par des moyens convenables, aux indemnités que néceſſitent leur exil, leurs proſcriptions & les décrets décernés contre-eux ; que toutes confiſcations de leurs biens ſoient levées & que reſtitution leur ſoit faite de tous les objets qui leur ont été enlevés, ſoit en exécution des jugemens prononcés contre-eux, ſoit à main armée. Demandant que le préſent article ſoit ſtrictement & religieuſement obſervé par tous les citoyens du reſſort du conſeil ſupérieur de Saint-Domingue, & ſur-tout à l'égard des ſieurs Poiſſon, Deſmares, les frères Regnauld & autres compris au même jugement que ceux-ci, tous les habitans de la paroiſſe de la Croix-des-Bouquets, de même qu'à l'égard du ſieur Jean-Baptiſte la Pointe habitant de l'Arcahaye, contre lequel

V I I.

Accepté,

en ce qui nous concerne.

il n'eft intervenu un jugement
févère que par une fuite de
perfécutions exercées contre les
citoyens de couleur, & qui
profcrit par les citoyens de
Saint-Marc & de l'Arcahaye
n'a pu fe difpenfer d'employer
une jufte défenfe contre quel-
qu'un qui vouloit l'affaffiner &
qui l'affaffinoit en effet ; fe
réfervant les citoyens de couleur
de faire dans un autre moment
& envers qui il appartiendra,
toutes proteftations & réclamations relatives aux jugemens
prononcés contre les fieurs
Oger , Chavannes & autres
compris d'ans lefdits jugemens,
regardant dès à préfent les
arrêts prononcés contre les fufdits fieurs, par le confeil
fupérieur du Cap, comme
infâmes, dignes d'être voués à
l'exécration contemporaine &
future, & comme la caufe
fatale de tous les malheurs qui
affligent la province du nord.

VIII.

Que le fecret des lettres &
correfpondance foit facré &
inviolable, conformément aux
décrets nationaux.

A C C E P T É.

IX.

Liberté de la presse, sauf la responsabilité dans les cas déterminés par la loi.

ACCEPTÉ.

X.

Demandant en-outre les ci toyens de couleur, qu'en attendant l'exécution ponctuelle & littérale des décrets de l'assemblée nationale, & jusqu'au moment où ils pourront se retirer dans leurs foyers, Messieurs les citoyens blancs de la garde nationale du Port - au - Prince s'obligent de contribuer à l'approvisionnement de l'armée des citoyens de couleur pendant tout le tems que durera son activité contre les ennemis communs & du bien public, & de faciliter la libre circulation des vivres dans les différens quartiers de la partie de l'ouest.

ACCEPTÉ.

XI.

Observent en-outre les susdits citoyens de couleur, que la sincérité dont les citoyens blancs viennent de leur donner une preuve authentique, ne leur permet pas de garder le

ACCEPTÉ.

Mence fur les craintes dont ils font agités ; en conséquence ils déclarent qu'ils ne perdront jamais de vue la reconnoif-fance de tous droits & de ceux de leurs frères des autres quartiers ; qu'ils verroient avec beaucoup de peine & de douleur la réunion prête à s'opérer au Port-au-Prince & autres lieux de la dépendance fouffrît des difficultés dans les autres endroits de la colonie, auquel cas ils déclarent que rien au monde ne fauroit les empêcher de fe réunir à ceux des leurs qui par une fuite des anciens abus du régime colonial, éprouveroient des obftacles à la reconnoiffance de leurs droits & parçonféquent à leur félicité.

ACCEPTÉ.

Après quoi l'affemblée revenue à la place d'armes, la matière mife en délibération, mûrement examinée & difcutée, l'affemblée confidérant qu'il eft d'une néceffité indifpenfable de mettre en ufage tous les moyens qui peuvent contribuer au bonheur de tous les citoyens qui font égaux en droits.

Que la réunion des citoyens de toutes les claffes peut feule ramener le calme & la tranquillité fi néceffaires à la profpérité de cette colonie qui fe trouve aujourd'hui menacée des plus grands malheurs.

Que l'exécution ponctuelle & littérale de tous les articles des décrets & inftructions de l'affemblée nationale fanctionnés par le roi, peut feule opérer cette réunion défirable fous quelque point de vue qu'on l'envifage.

Il a été arrêté, favoir : de la part des citoyens blancs, qu'ils acceptent tous les articles inférés au préfent concordat.

Et de la part des citoyens de couleur, que, vu l'acceptation de tous les articles fans reftriction inférés au préfent concordat, ils fe réuniront & fe réuniffent en effet de cœur, d'efprit & d'intention aux citoyens blancs, pour ramener le calme & la tranquillité, pour travailler de concert à l'exécution ponctuelle des décrets de l'affemblée nationale fanctionnés par le roi, & pour employer toutes leurs forces & tous leurs moyens contre l'ennemi commun.

A été arrêté par Meffieurs les citoyens blancs & Meffieurs les citoyens de couleur, que ce jour devant éteindre toute efpèce de haine & de divifion entre les citoyens de la colonie en général, les citoyens de couleur du Port-au-Prince qui, par une fauffe pufillanimité, ne fe font pas réunis à leurs frères de l'armée, feront compris dans l'amniftie générale ; que jamais reproche aucun ne leur fera fait de leur conduite ; entendant qu'ils participent également aux avantages que promet notre heureufe réunion entre toutes les perfonnes & tous les citoyens indiftinctement.

De plus, que protection égale devant être accordée au fexe en général, les femmes & filles de couleur en jouiront de même que les femmes & filles blanches, & que mêmes précautions & foins feront pris pour leur fûreté refpective.

Arrêté que le préfent concordat fera figné par l'état major de la garde nationale du Port-au-Prince.

Il a été arrêté que le préfent concordat fera rendu public par la voie de l'impreffion, que copies collationées d'icelui feront envoyées à l'affemblée nationale, au roi, aux quatre-vingt-trois départemens. à toutes les chambres de commerce de France, à Monfieur le lieutenant-général au gouvernement, & à tous autres qu'il appartiendra.

Arrêté que mercredi prochain quatorze du préfent mois MM. les citoyens blancs du Port-au-Prince fe réuniront à l'armée de MM. les citoyens de couleur en la paroiffe de la Croix-des-Bouquets , qu'il fera chanté dans l'églife de cette paroiffe à dix heures du matin un *Te Deum* en action de grace de notre heureufe réunion ; que MM. des bataillons de Normandie & d'Artois , & des corps d'Artillerie , de la marine royale & marchande , feront invités à s'y faire repréfenter par des députations particulières , que de même les citoyens en général de la Croix-des-Bouquets , du Mirebalais & autres endroits circonvoifins feront invités à s'y rendre , afin d'unir leurs vœux aux nôtres pour le bonheur commun.

Arrête en outre que le préfent concordat fera paffé en triple minute dont la première fera dépofée aux archives de la municipalité future , la feconde entre les mains des chefs de l'armée des citoyens de couleur , & la troifième dans les archives de la garde nationale du Port-au-Prince.

Fait triple entre nous & de bonne foi, les jour , mois & an que deffus. *Signé ,* Fournier , Beauvais , Nivard, Arnoux, Demare , Rodrigue , Dubuiffon , Talazac, Lunley, Saljuzan , Ratteau , Medun , Meynardié , Rigaud , Guieu , Baudamant, Labaftille , Prudot , Bellenton , Sollier , Papalier , Époigny , Lauzier , Getin , St Bazille , Vidie , Cambre , Mayeur, Reuché , Faubert , Lafleur , Ribié , J. Couftard , Doyon , Turin , Maffac , Renier , Caffé , St Lanrent , Dubois-Martin, Comle, Plaifance Cozaram , J. Rey , J. Nagonne , Pe. Rivière, Pinganneau , Wokkacein , Bautran , Pellerin , le Baron de Montalembert , Gouin du fief , Maffotte , Duvivier , Bruache, J. B. Perrin , Kerlegand , Montat, Legal , M. Bofno, Foreft, J. F. Demare , Manlo , Elie , Laborde , Boiffon , Mefnard , Langoumois , Harley , Ofterval , Saignelonge , le Comte de Lafitte de Courey , Labaftille fils , Couppé , Court , Defcouffa, Raoul , Perrin , Petion , Degance , Fabre , Pinchinnat préfident , Daguin fils , fecrétaire des citoyens de couleur ; Gamot préfi-dent ; & Hacquet , fecrétaire des citoyens blancs.

*Difcours de M. Gamot, préfident des commiffaires repréfen-
tant les citoyens blancs du Port-au-Prince, à MM. les
commiffaires repréfentant l'armée des citoyens de couleur.*

Meffieurs ,

Nous vous apportons enfin des paroles de paix. Nous ne
venons plus *traiter avec vous* ; nous ne venons plus vous *accor-
der des demandes* , nous venons, animés de l'efprit de juftice ,
reconnoître authentiquement vos droits , vous engager à ne plus
voir dans les citoyens blancs que des amis , des frères , auxquels
la patrie en danger vous invite ; vous follicite de vous réunir
pour lui porter un prompt fecours.

Nous acceptons entièrement & fans réferve aucune , le concordat que vous nous propofez. Des circonftances malheureufes
que vous connoiffez fans doute, nous ont fait héfiter un inftant ;
mais notre courage a franchi tous les obftacles ; nous avons im-
pofé filence aux petits préjugés , au petit efprit de domination.

Que le jour où le flambeau de la raifon nous a éclairés tous ,
foit à jamais mémorable ! qu'il foit un jour d'oubli pour toutes
les erreurs , de pardon pour toutes les injures ; & ne difputons
déformais que d'amour & de zèle pour le bien de la chofe
publique.

9 7 8 2 0 1 3 4 3 3 9 1 4